詞語硬筆

·習字帖·

小學四年級

新雅文化事業有限公司
www.sunya.com.hk

目 錄

✳ **正確的執筆方法和寫字姿勢** ③

✳ **漢字的筆畫和寫法** ④

一、成長篇 ⑤

* 教訓　　* 領悟
* 經歷　　* 增長
* 挫折　　* 反省
* 艱辛　　* 堅持
* 體會　　* 成果

二、感受篇 ⑩

* 喜悅　　* 恐懼
* 激動　　* 焦急
* 驚訝　　* 憂愁
* 悲傷　　* 困擾
* 委屈　　* 沉悶

三、親情篇 ⑮

* 陪伴　　* 着想
* 依靠　　* 融洽
* 撫養　　* 美滿
* 體諒　　* 溫馨
* 分擔　　* 孝敬

四、友情篇 ⑳

* 建立　　* 深厚
* 友好　　* 爭執
* 關係　　* 溝通
* 真誠　　* 聯絡
* 可貴　　* 勉勵

五、態度篇 ㉕

* 堅毅　　* 自信
* 樂觀　　* 驕傲
* 謙虛　　* 囂張
* 謹慎　　* 輕視
* 誠懇　　* 嚴厲

六、環保篇 ㉚

* 生態　　* 釋放
* 能源　　* 塵埃
* 研究　　* 綠化
* 威脅　　* 循環
* 瀕臨　　* 持續

七、自然篇 ㉟

* 野生　　* 沼澤
* 景象　　* 海岸
* 奇觀　　* 山脈
* 瀑布　　* 夕陽
* 湖泊　　* 晚霞

八、生活篇 ㊵

* 平凡　　* 擁擠
* 照常　　* 熟悉
* 見聞　　* 休閒
* 社區　　* 娛樂

九、節日篇 ㊹

* 文化　　* 寓意
* 習俗　　* 隆重
* 禮儀　　* 家族
* 流傳　　* 慶典

正確的執筆方法和寫字姿勢

正確的執筆方法

1. 用拇指和食指的第一指節前端執筆，用中指的第一指節側上部托住筆。
2. 大拇指、食指和中指自然彎曲地執筆，無名指和小指則自然地彎曲靠在中指下方。
3. 筆桿的上端斜斜地靠在食指的最高關節處，筆桿和紙面約成 50 度角。
4. 執筆的指尖離筆尖約 3 厘米左右。
5. 手腕伸直，不能扭向內側。
6. 總括而言，執筆要做到「指實掌虛」，即是：手指執筆要實，掌心要中空，小指不能碰到手心。

正確的寫字姿勢

1. **頭要正**：書寫時頭要放正，不能向左或向右偏側，並略向前傾，眼睛距離書本一呎（大約 30 厘米）左右。
2. **身要直**：胸膛挺起，腰背伸直，胸口距離書桌邊約一個拳頭位（大約 10 厘米）左右。
3. **肩要平**：兩肩齊平，不能一邊高，一邊低。
4. **兩臂張開**：兩臂自然地張開，伸開左手的五隻手指按住紙，右手書寫。如果是用左手寫字的，則左右手功能相反。
5. **雙腳平放**：雙腳自然地平放在地上，兩腳之間的距離與肩同寬，腳尖和腳跟同時踏在地上。

漢字的筆畫和寫法

筆畫

漢字筆畫的基本形式是點和線，點和線構成漢字的不同形體。

漢字的主要筆畫有以下八種：

筆畫名稱	點	橫	豎	撇	捺	挑	鈎	折
筆形	、	一	丨	丿	乀	乁	亅	乛

筆畫的寫法

筆畫名稱	筆形	寫法
點	、	從左上向右下，起筆時稍輕，收筆時慢一點，重一點。
橫	一	從左到右，用力一致，全面平直，略向上斜。
豎	丨	從上到下，用力一致，向下垂直。
撇	丿	從右上撇向左下，略斜，起筆稍重，收筆要輕。
捺	乀	從左上到右下，起筆稍輕，以後漸漸加重，再輕輕提起。
挑	乁	從左下向右上，起筆稍重，提筆要輕而快。
鈎	亅	從上到下寫豎，作鈎時筆稍停頓一下，再向上鈎出，提筆要輕快。
折	乛	從左到右再折向下，到折的地方稍微停頓一下，再折返向下。

以上的八種基本筆畫還可以互相組成複合筆畫，例如豎橫（乚）、橫撇（フ）、捺鈎（乀）、撇點（く）、豎挑（乚）等。

教訓

筆順：

一　十　土　耂　耂　考　孝　孝　孝　教　教

丶　亠　亠　言　言　言　言　訓　訓　訓

教	訓	教	訓	教	訓		

經歷

筆順：

乚　乡　幺　幺　糸　糸　糸　紀　經　經　經　經

經

一　厂　厂　厂　厈　斥　歴　歴　歴　歴　歴　歴

歴　歴　歴　歴

經	歷	經	歷	經	歷		

挫折

筆順：

一　ナ　扌　扌　扵　扵　拌　挫　挫

一　ナ　扌　扩　扩　折　折

挫	折	挫	折	挫	折		

艱辛

筆順：

一　十　艹　芇　芇　芦　苩　苩　堇　菫　菓　菓

菓　菓　艱　艱　艱

、　亠　六　立　立　辛

艱	辛	艱	辛	艱	辛		

體會

筆順：

丨 冂 冂 冂 冎 冎 冎 骨 骨 骨 骨 骨

骨 骨 骨 體 體 體 體 體 體 體 體

／ 人 亼 仐 今 命 命 命 會 會 會 會

會

體	會	體	會	體	會		

領悟

筆順：

／ 亼 亽 今 令 令 令 鈴 領 領 領

領 領

丶 丨 忄 忄 怀 怀 悟 悟 悟 悟

領	悟	領	悟	領	悟		

增長

筆順：

一 十 土 圢 圢 圹 坮 垆 垆 埗 增

增 增 增

一 厂 F F E 토 長 長 長

增	長	增	長	增	長		

反省

筆順：

一 厂 厅 反

丨 小 小 少 少 省 省 省 省

反	省	反	省	反	省		

堅持

筆順：

一 丁 丆 丏 丏 臣 臣 臤 臤 堅 堅

一 十 扌 扌 扩 扩 护 拝 持 持

堅	持	堅	持	堅	持		

成果

筆順：

一 厂 万 成 成 成

丨 冂 日 日 旦 早 果 果

成	果	成	果	成	果		

喜悦

筆順：

一 十 吉 吉 吉 吉 吉 吉 壹 壹 喜 喜

丶 丬 忄 忄 忄 忄 忄 忄 悦 悦

喜	悦	喜	悦	喜	悦		

激動

筆順：

丶 丶 氵 氵 氵 氵 沪 泊 泊 泊 渚 潍 潒

潒 潒 激 激

一 二 千 舌 舌 舌 盲 重 重 動 動

激	動	激	動	激	動		

驚訝

筆順：

一　丁　扌　丼　丼　芍　芍　苟　苟　苟　敬

敬　敬　驚　驚　驚　驚　驚　驚　驚　驚　驚

、　亠　三　三　言　言　言　訂　訂　訝　訝

驚	訝	驚	訝	驚	訝		

悲傷

筆順：

丿　ナ　丬　扌　扌　非　非　非　非　悲　悲　悲

丿　亻　亻　亻　仲　仲　佢　佢　俱　傷　傷

傷

悲	傷	悲	傷	悲	傷		

委屈

筆順：

ノ 二 千 千 禾 禾 委 委

フ コ 尸 尺 屈 屈 屈 屈

委屈	委屈	委屈		

恐懼

筆順：

一 丁 工 卫 巩 巩 巩 恐 恐 恐

丶 忄 忄 忄 忄 忄 忄 忄 忄 忄 忄
忄 忄 忄 忄 忄 懼 懼 懼 懼

恐懼	恐懼	恐懼		

焦急

筆順：

丿 亻 亻 亻 亻 亻 亻 隹 隹 焦 焦 焦

丿 勹 夕 刍 刍 刍 急 急 急

焦	急	焦	急	焦	急		

憂愁

筆順：

一 厂 亣 亓 百 百 百 直 直 直 𢝋 悥

𢝋 𢝋 憂

丿 二 千 禾 禾 禾 禾 秋 秋 秋 愁

愁

憂	愁	憂	愁	憂	愁		

成長篇
感受篇
親情篇
友情篇
態度篇
環保篇
自然篇
生活篇
節日篇

困擾

筆順：

丨 冂 冂 用 用 困 困

一 十 扌 扌 扩 扩 扩 护 护 护 挭 挭
挭 挭 挭 挭 擾 擾

困	擾	困	擾	困	擾		

沉悶

筆順：

丶 冫 氵 氵 沪 沪 沉

丨 冂 冃 冃 門 門 門 門 門 悶 悶 悶

沉	悶	沉	悶	沉	悶		

陪伴

筆順：

`丶 ㇌ 阝 阝ˋ 阝ㅗ 阝ㅗ 阝ㅗ 阝ㅗ 陪 陪`

`丿 亻 亻 亻 亻 伴 伴`

陪	伴	陪	伴	陪	伴		

依靠

筆順：

`丿 亻 亻 亻 亻 依 依 依`

`丶 亠 亠 生 牛 告 告 芹 芦 芦 靠 靠`

`靠 靠 靠`

依	靠	依	靠	依	靠		

撫養

筆順：

一 十 扌 扩 扩 扩 拃 拃 撫 撫 撫 撫
撫 撫 撫

、 ソ ン 쓰 半 羊 羊 关 关 耂 養 養 養
養 養 養

撫	養	撫	養	撫	養		

體諒

筆順：

丨 冂 冂 冃 冎 咼 咼 骨 骨 骨 骨 骨
骨 骨 骨 體 體 體 體 體 體 體 體
、 亠 亠 言 言 言 訁 訁 訁 諒 諒

諒 諒 諒

體	諒	體	諒	體	諒		

分擔

筆順：

ノ 八 分 分

一 十 扌 扩 扩 护 护 护 护 护 擔
擔 擔 擔 擔

分	擔	分	擔	分	擔		

着 想

筆順：

丶 丷 丷 兰 兰 半 羊 羊 羔 着 着 着

一 十 才 木 朴 机 相 相 相 相 想 想
想

着	想	着	想	着	想		

融洽

筆順：

一 ｢ 冂 币 币 鬲 鬲 鬲 鬲 鬲 鬲

鬲 融 融 融

丶 冫 氵 氵 汖 汖 洽 洽 洽

融	洽	融	洽	融	洽		

美滿

筆順：

丶 丷 ⺌ 兰 兰 羊 羊 兰 美 美

丶 冫 氵 氵 汗 汗 泄 沸 沸 满 满 满

满 满

美	滿	美	滿	美	滿		

温馨

筆順：

丶　丶　氵　氵　氵　氵　沪　沪　沪　沪　渭　渭　温　温

一　十　士　吉　吉　吉　声　声　声　殸　殸　殸

殸　殸　馨　馨　馨　馨　馨　馨

温	馨	温	馨	温	馨		

孝敬

筆順：

一　十　土　耂　耂　考　孝

一　十　艹　艹　艹　苐　芍　苟　苟　苟　苟　敬

敬

孝	敬	孝	敬	孝	敬		

建立

筆順：

フ ユ ヨ ヨ ヨ ま ま ま 建

、 二 ナ ゙ 立

建	立	建	立	建	立		

友好

筆順：

一 ナ 方 友

く く タ ダ 女 好

友	好	友	好	友	好		

關 係

筆順：

丨 丨 丨 丨 丨 門 門 門 門 門 門 門
關 關 關 關 關 關 關
丿 亻 亻 亻 亻 亻 係 係 係

關	係	關	係	關	係		

真 誠

筆順：

一 十 广 市 市 直 直 直 真 真

丶 亠 三 言 言 言 訂 訂 訪 誠 誠
誠

真	誠	真	誠	真	誠		

可貴

筆順：

一 丁 ㄇ 口 可

丶 ㅂ 口 中 虫 虫 虫 卋 寺 寺 貴 貴

可	貴	可	貴	可	貴		

深厚

筆順：

丶 丶 氵 氵 氵 沪 沪 沪 泙 深 深

一 厂 厂 厂 戶 戶 戶 厚 厚

深	厚	深	厚	深	厚		

爭執

筆順：

ㄧ ㄥ ㄣ ㄟ ㄚ ㄐ ㄐ 爭

一 十 土 圥 圥 幸 幸 幸 幸 執 執

爭	執	爭	執	爭	執				

溝通

筆順：

、 、 氵 氵 沂 沂 沬 泄 洪 溝 溝 溝
溝

ㄱ ㄱ ㄱ 丹 丹 甬 甬 通 通 通 通

溝	通	溝	通	溝	通				

聯絡

筆順：

一 厂 冂 刀 月 耳 耵 聇 聯 聯 聯
聯 聯 聯 聯 聯

乡 幺 幺 幺 乡 乡 糸 糸 紋 絡 絡 絡

聯	絡	聯	絡	聯	絡		

勉勵

筆順：

丿 夕 刍 刍 刍 免 免 免 勉

一 厂 厂 厂 严 严 严 严 厣 厣 厣
厲 厲 厲 勵 勵

勉	勵	勉	勵	勉	勵		

堅毅

筆順：

一 丁 斤 斤 斤 臣 臥 臥 臣 堅 堅

丶 亠 亠 六 立 立 产 羊 荠 豸 豙 豙 豙

豙 毅 毅

堅	毅	堅	毅	堅	毅		

樂觀

筆順：

丿 亻 白 白 白 伯 絈 絈 絈 絲 絲 絲

樂 樂 樂

一 艹 艹 茻 节 节 节 苗 苗 节 节 节

苹 苹 苹 菫 雚 雚 雚 雚 雚 雚 觀 觀

樂	觀	樂	觀	樂	觀		

謙虛

筆順：

、 ᠂ ᠌ ㇐ 言 言 言 訁 訡 訮 詳

詳 詳 詳 諫 謙 謙

、 ㇑ 卢 户 户 虍 虍 虚 虚 虚 虚 虚

謙	虛	謙	虛	謙	虛		

謹慎

筆順：

、 ᠂ ᠌ ㇐ 言 言 言 訁 訕 訮 詳 詳

詳 詳 謹 謹 謹 謹

、 ㇑ ㇑ 忄 忄 忙 忚 怕 恒 惟 慎

慎

謹	慎	謹	慎	謹	慎		

誠懇

筆順：

丶　亠　亠　言　言　言　言　言　訃　訴　誠　誠
誠

ノ　ノ　ゲ　歺　歺　穸　穸　豸　貇　貇
貇　貇　懇　懇　懇

誠	懇	誠	懇	誠	懇		

自信

筆順：

丶　自　自　自　自　自

ノ　イ　イ　伫　仁　信　信　信

自	信	自	信	自	信		

驕傲

筆順：

一 厂 厂 厅 厇 馬 馬 馬 馬 馬 馬
馬 馭 駷 駷 驕 驕 驕 驕 驕 驕
丿 亻 亻 亻 伫 佳 佳 佳 傲 傲 傲
傲

驕	傲	驕	傲	驕	傲		

囂張

筆順：

丶 口 口 口 吅 吅 吅 咢 咢 咢 咢
咢 咢 咢 咢 咢 囂 囂 囂 囂 囂
フ ㄱ 弓 弓 弘 弘 弭 張 張 張

囂	張	囂	張	囂	張		

輕視

筆順：

一 厂 厂 亓 百 亘 車 車 軒 軒 輕 輕

輕 輕

丶 ラ ネ ネ ネ 初 初 神 祖 視 視

輕	視	輕	視	輕	視		

嚴厲

筆順：

丶 丷 口 吅 吅 吅 吅 严 严 严 严 严

嚴 屵 屵 屵 屵 屵 嚴 嚴

一 厂 厂 尸 尸 尸 厍 厍 厲 厲 厲

厲 厲 厲

嚴	厲	嚴	厲	嚴	厲		

生態

筆順：

ノ ト 仁 牛 生

ㄥ ㄥ 介 台 台 台 台 台 能 能 能 態 態 態

生	態	生	態	生	態		

能源

筆順：

ㄥ ㄥ 介 台 台 台 台 能 能 能

丶 冫 氵 沪 沪 沪 沪 源 源 源 源 源

能	源	能	源	能	源		

研究

筆順:

一 丁 ア 石 石 石 矿 矸 研

丶 丷 宀 穴 空 空 究

研	究	研	究	研	究			

威脅

筆順:

一 厂 厂 反 反 反 威 威 威

マ カ ヌ 夢 弱 弱 脅 脅 脅

威	脅	威	脅	威	脅			

瀕臨

筆順：

丶 丶 氵 汁 汁 汁 泸 泸 洴 涉 涉 涉
涉 漸 瀕 瀕 瀕 瀕 瀕

一 丁 丂 丏 丏 丏 臣 臣 臣 臣 臣 臣
臣 臨 臨 臨 臨

瀕	臨	瀕	臨	瀕	臨		

釋放

筆順：

丿 丿 丿 丿 平 采 采 采 采 采 采 采
釆 釋 釋 釋 釋 釋 釋 釋

丶 亠 方 方 方 放 放

釋	放	釋	放	釋	放		

塵埃

筆順：

、 一 广 户 庐 庐 庐 庐 庐 鹿 鹿 鹿

塵 塵

一 十 土 圹 圹 圹 圹 埃 埃 埃

塵	埃	塵	埃	塵	埃		

綠化

筆順：

ㄥ ㄠ ㄠ ㄠ ㄠ ㄠ 糸 糽 紝 紵 紵 紵

紵 綠

ノ 亻 仁 化

綠	化	綠	化	綠	化		

循環

筆順：

ノ ノ ㇒ 彳 彳 彳 彳 彳 彳 循 循 循 循

一 二 干 王 王 玗 珒 珒 珒 珒 珥 瑢
瑢 瑢 瑢 環 環

循	環	循	環	循	環		

持續

筆順：

一 十 扌 扩 扩 挂 挂 持 持

ㇳ ㇰ ㇰ 幺 幺 幺 紅 紅 紡 紡 續
續 續 續 績 續 績 續 續

持	續	持	續	持	續		

野生

筆順：

丨	冂	日	日	旦	甲	里	野	野	野	野

ノ	㇒	仁	牛	生

野	生	野	生	野	生		

景象

筆順：

丨	冂	日	日	旦	旦	昌	晃	昌	景	景	景

ノ	㇇	ク	㇖	色	争	刍	刍	象	象	象

景	象	景	象	景	象		

奇觀

筆順：

一　ナ　大　大　奈　杏　奇　奇

一　十　＋　共　�甘　甘　苗　苗　苗　苗　苺　萉　萉

萉　萉　萉　萉　雈　雈　雚　雚　雚　雚　觀　觀

奇	觀	奇	觀	奇	觀		

瀑布

筆順：

丶　氵　氵　沪　沪　沪　沪　沪　浔　涅　渠

渠　渠　瀑　瀑　瀑　瀑

一　ナ　才　右　布

瀑	布	瀑	布	瀑	布		

湖泊

筆順：

丶 丶 氵 汁 汁 湖 湖 湖 湖 湖 湖 湖 湖

丶 丶 氵 氵 汩 泊 泊 泊

湖	泊	湖	泊	湖	泊		

沼澤

筆順：

丶 丶 氵 氵 汈 汈 沼 沼

丶 丶 氵 氵 氵 浐 浐 浐 澤 澤 澤
澤 澤 澤 澤

沼	澤	沼	澤	沼	澤		

海岸

筆順：

、　、　；　氵　汙　汇　汇　海　海　海　海

丶　屮　屮　屮　屵　屵　岸　岸

海	岸	海	岸	海	岸		

山脈

筆順：

｜　屮　山

丿　刀　月　月　肬　朋　脈　脈　脈　脈

山	脈	山	脈	山	脈		

夕陽

筆順：

ノ ク 夕

ˊ ㇌ ㇌ 阝 阝 阝 阝 阳 阽 陽 陽 陽

夕	陽	夕	陽	夕	陽		

晚霞

筆順：

丨 冂 月 日 日 日 旷 昭 晚 晚 晚

一 ㇠ 雨 雨 雨 雩 雫 霄 霄 霄 霄 霞 霞 霞 霞 霞 霞

晚	霞	晚	霞	晚	霞		

成長篇

感受篇

親情篇

友情篇

態度篇

環保篇

自然篇

生活篇

節日篇

平凡

筆順：

一 一 一 立 平

丿 几 凡

平	凡	平	凡	平	凡		

照常

筆順：

丨 冂 月 日 旷 昭 昭 昭 昭 照 照

照

丨 丨 丷 丷 些 学 常 常 常 常 常

照	常	照	常	照	常		

見聞

筆順：

｜ 冂 冂 月 目 目 見

｜ ｜ ｜ 冂 冂 門 門 門 門 門 門 門
門 聞

見	聞	見	聞	見	聞		

社區

筆順：

丶 ァ ラ ネ ネ 礻 社

一 丁 冖 冖 冋 品 品 品 品 區

社	區	社	區	社	區		

擁擠

筆順：

一　丁　扌　扩　扩　扩　掊　掊　掊　掊　掊　掊

掊　掊　擁　擁

一　丁　扌　扩　扩　扩　扩　扩　扩　扩　掊　掊

掊　掊　擠　擠　擠

擁	擠	擁	擠	擁	擠		

熟 悉

筆順：

丶　亠　六　市　古　亨　享　孰　孰　孰　孰

孰　孰　熟

ノ　ク　乄　丷　平　采　采　悉　悉　悉

熟	悉	熟	悉	熟	悉		

休閒

筆順：

ノ 亻 亻 什 什 休

｜ 冂 冂 冃 冃 冃 門 門 門 門 閈 閈 閒

休	閒	休	閒	休	閒		

娛樂

筆順：

ㄑ 女 女 女 妒 妒 妒 娛 娛 娛

ノ 亻 白 白 白 伯 絈 絈 絈 樂 樂 樂

樂 樂 樂

娛	樂	娛	樂	娛	樂		

文化

筆順：

、　亠　亠　文

ノ　イ　仁　化

文	化	文	化	文	化		

習俗

筆順：

フ　ヲ　ヲ　　ヲヲ　ヲヲ　ヲヲ　ヲヲ　ヲヲ　習　習　習

ノ　イ　亻　仁　伀　俗　俗　俗　俗

習	俗	習	俗	習	俗			

禮儀

筆順：

、 ラ ネ ネ ネ ネ ネ ネ 神 神 禮 禮
禮 禮 禮 禮 禮
ノ 亻 亻 亻 亻 亻 伴 伴 伴 伴 儀
儀 儀 儀

禮	儀	禮	儀	禮	儀		

流傳

筆順：

、 、 ラ ラ 广 泸 泸 泸 流 流

ノ 亻 亻 亻 亻 伫 伊 伸 俥 傳 傳
傳

流	傳	流	傳	流	傳		

寓意

筆順：

、 丶 宀 宀 宁 宕 宁 宫 宫 寓 寓 寓 寓

、 丶 二 亠 立 产 产 产 音 音 音 音 意 意

意

寓	意	寓	意	寓	意		

隆重

筆順：

' ｀ 阝 阝 阝 阽 阽 隆 隆 隆 隆 隆

一 二 千 千 舌 舌 盲 重 重

隆	重	隆	重	隆	重		

家族

筆順：

丶 ハ 宀 宀 宀 宁 宛 家 家 家

丶 亠 方 方 扩 扩 扩 族 族 族

家	族	家	族	家	族		

慶典

筆順：

丶 亠 广 广 广 产 产 产 庐 麖 麖 麖

廖 廖 慶

丨 冂 曰 由 曲 曲 典 典

慶	典	慶	典	慶	典		

詞語硬筆習字帖──小學四年級

編　　著：新雅編輯室

責任編輯：葉楚溶

繪　　圖：立雄

美術設計：鄭雅玲

出　　版：新雅文化事業有限公司

　　　　　香港英皇道 499 號北角工業大廈 18 樓

　　　　　電話：(852) 2138 7998

　　　　　傳真：(852) 2597 4003

　　　　　網址：http://www.sunya.com.hk

　　　　　電郵：marketing@sunya.com.hk

發　　行：香港聯合書刊物流有限公司

　　　　　香港荃灣德士古道 220-248 號荃灣工業中心 16 樓

　　　　　電話：(852) 2150 2100

　　　　　傳真：(852) 2407 3062

　　　　　電郵：info@suplogistics.com.hk

印　　刷：中華商務彩色印刷有限公司

　　　　　香港新界大埔汀麗路 36 號

版　　次：二〇二〇年七月初版

　　　　　二〇二二年九月第三次印刷

ISBN: 978-962-08-7527-4